Erizo y Conejo

descubren la lluvia

PABLO ALBO

ILUSTRADO POR
GÓMEZ

nubeOCHO

Erizo y Conejo estaban en el huerto.
Conejo comía coles y Erizo buscaba caracoles.

A Conejo le cayó una gota de agua en una oreja,
se asustó mucho y se escondió en el tronco hueco.

A Erizo le cayó una gota de agua justo en la nariz
y le hizo cosquillas.

—¡Ja, ja, ja, qué risa! —se divirtió Erizo.

Quiso contárselo a Conejo, pero no lo vio porque se
había escondido.

Erizo buscó a Conejo en el tronco hueco y lo encontró.

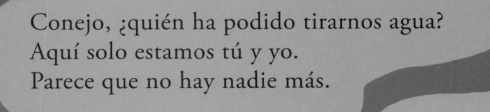

Conejo, ¿quién ha podido tirarnos agua?
Aquí solo estamos tú y yo.
Parece que no hay nadie más.

Tú lo has dicho: "Parece".
Alguien tiene que haber sido.

¡Investiguemos!

Erizo miró hacia un lado
y no vio a nadie.

Miró hacia el otro lado
y tampoco vio nada.

Conejo salió del
tronco y miró al suelo.
Tampoco había nadie.

Pero arriba, vio que
el cielo estaba raro.

—¡Mira, Erizo, el cielo ya no está azul! —dijo Conejo extrañado, porque era la primera vez que veía el cielo nublado.

—Es verdad se ha…, se ha…, ¡descolorido! —respondió Erizo.

—Erizo, ¿tú crees que quien nos ha tirado agua también ha descolorido el cielo?

—No sé, Conejo, investiguemos.

Juntos dieron la vuelta al árbol y vieron que,
por el camino, venía la gallina buscando lombrices.

—Hola, Gallina, ¿tú sabes quién nos ha tirado agua? —preguntó Conejo.

—Um... Habrá sido... En fin... Ya sabes —respondió ella señalando hacia arriba (quería decir "lluvia", pero las gallinas tienen muy poca memoria para las palabras).

—Claro, habrán sido los búhos —dijo Conejo pensando que la gallina había querido decir "búhos"—. No me acordaba de que viven ahí arriba.

Erizo y Conejo llamaron al árbol
de los búhos.

—Hola, Conejo —dijo el primer búho.

—¿Qué quieres, Conejo? —preguntó el segundo.

—¿Quién llama? —quiso saber el tercero (que
era un poco corto de vista).

—Búhos, ¿quién nos ha tirado agua? —preguntó Conejo.

—Yo no —dijo uno.

—Yo tampoco —respondió el segundo.

—¿Quién llama? —preguntó el tercero (que también era un poco sordo).

—Entonces, ¿quién ha podido ser?

—Puede haber sido la lluvia —respondió uno.

—Sí, yo creo que ha sido la lluvia —dijo otro.

—¿¡Pero quién ha llamado!? —preguntó otra vez el tercero.

—¿Y por qué está gris el cielo? —preguntó Erizo.

—¡Claro! El cielo está gris porque anuncia la lluvia —respondió uno.

—Sí, así es —dijo el segundo.

El tercer búho no dijo nada, porque se había quedado dormido.

—¿Y qué podemos hacer para que el cielo vuelva a ser azul?

—Dejar pasar el tiempo. No se puede hacer otra cosa —respondieron los dos búhos despiertos.

—¿Y qué podemos hacer para que la lluvia no nos tire más agua?

—No se puede hacer nada, solo ponerse a cubierto y esperar a que se canse y pare.

Erizo y Conejo iban a preguntar más cosas, pero
entonces llegó la lluvia. Y no unas gotitas de nada, no.
Empezó a caer una buena lluvia y los dos amigos se
metieron en el tronco hueco para no mojarse.

Erizo y Conejo se sentaron y dejaron que el tiempo
pasara para que el cielo se pusiera azul de nuevo.
Y esperaron a que la lluvia se fuera.

Mira, Conejo…
Aunque nos hemos puesto a
cubierto y hemos esperado,
la lluvia no se cansa.

Tienes razón, Erizo. Hemos
dejado pasar el tiempo, pero
el cielo no se pone azul.
¡Se está poniendo negro!

No lo creo. Por la noche
hay estrellas y luna,
¡y ahora no hay nada!

Erizo y Conejo estuvieron mucho rato esperando a
que la lluvia se cansara de echarles agua y que el cielo
se pusiera azul de nuevo.

Esperaron tanto tiempo, que al final se quedaron dormidos.

Y cuando despertaron,
lo habían conseguido:

¡Allí estaba el sol, en medio
de un cielo azul y sin lluvia!